KB008475

이경은의 디카 에세이

푸른 방의 기억들
Memories of the Blue Room

푸른 방의 기억들

1판 1쇄 발행   2024년 5월 20일

지은이   이경은
사 진   최기환
발행인   이선우
펴낸곳   **도서출판 선우미디어**
           등록 | 1997. 8. 7 제305-2014-000020
           02643 서울시 동대문구 장한로 12길 40, 101동 203호
           ☎ 2272-3351, 3352 팩스: 2272-5540
           sunwoome@hanmail.net
           Printed in Korea ⓒ 2024. 이경은 최기환

18,000원

※ 잘못된 책은 바꿔 드립니다.
※ 저자와 협의하여 인지 생략합니다.
※ 저작권법에 따라 무단 전재와 복제를 금합니다.

ISBN 978-89-5658-761-5 03810

푸른 방의 기억들
Memories of the Blue Room

이경은의 디카 에세이

선우미디어 sunwoomedia

푸른 방
나는 가끔 그 방에 간다
우울과 슬픔, 비린 꿈들이 숨어있고
때론 아득하고 때론 눈물이 나는

그 방의 이야기들을
가슴과 어깨에 얹고
세상 밖으로 나가면
모든 존재들이
덥석 손을 내밀어 준다

푸른 방의 기억들이 울렁대기 시작한다

Contents

말을 걸어오다

왜 그냥 가려고?
뭐 할 말 있어?

세상을 지나온 바람 소리를 들어보지 않을래? 사람들이 내 위에 앉아서 얘기를 하며 울고 웃거든. 그런데 너무 많아서 가슴이 터질 것 같아.

말을 품고 사는 돌멩이야. 넌 생각이 너무 많구나. 돌멩이는 그저 돌일 때가 제일 편안한데.

오랫동안 기다렸어. 작가가 지나가기를. 작은 돌멩이의 말에도 들을 만한 이야기가 있거든. 잘 써서 사람들에게 전달해 줘. 내가 너에게 말을 걸었듯이 사람들의 마음에 먼저 말을 걸어봐. 세상이 조금은 따스해 질지도 몰라.

나는 세상을 배달해주는 손, 너는 우주의 돌멩이.

산이 말하다

산이 들어온다.
안으로, 안으로, 무작정 밀고 들어선다.

뻐개진 가슴으로 산에서 불어온 바람이 휘몰아쳐 나가고, 태초의 소리
가 울려퍼진다. 그 생명의 음악에 심장이 울렁거리고, 사방의 만물이 순
간 명상에 잠긴다. 내 안의 갇힌 소리들이 자유롭게 터져나오자 산이
웃으며 두 팔을 벌린다.

산과 물, 달항아리가 있는 풍경.

산이 말한다.
품었니?
네 품 안에 곱게 넣어 가지고 돌아가.
힘들면 언제라도 와.
나는 늘 여기 있을 테니.

그때만 같아라

그때, 새들은 아무 생각이 없었다
아침이면 눈 한번 비벼 세수하고
동네를 산책했다
노랗게 물이 오른 꽃들이
새들에게 손짓했다

"이리 와. 여기 먹을 게 많아."
고마워서 날개를 흔들어 주었다
사이좋게 실컷
나눠 먹었다

햇볕이 따스해 날개는 뽀송하고
내일에 대한 걱정 없이
노란 꽃 위에서 하냥 졸았다

비추다

나무가 자란다
땅 위 땅 아래
뿌리가 뻗는다
물 위 물 아래

너를 비추고
나를 비추고
서로 비춰주는 기쁨
마음을 보여주는 세상

물의 거울 안에
백설 공주는 없고
촛불 담은 찻잔 안에
매혹적인 여인 '유디트'가
클림트의 영혼을 흔들고
우리의 가슴을 유혹한다

나무가 자란다
한 숨, 한 숨
소리 없이 꾹꾹 커서
푸른 미래를, 밝은 세상을
끝없이 펼쳐 주려고

붓 한 자루의 힘

일필휘지라지만
저리 힘들어서야

무얼 쓸까
생각하고 생각해봐도
나는 저 큰 붓으로 쓸 게 없네

누가 쓰는지
그저 바라보는 것도 좋겠어
누구에게나 큰 붓이 필요한 건 아니니까

저 한 방울

열정, 고통, 눈물, 사랑, 생명
일생동안 받은 수많은 마음을 안고
혈관을 미치도록 돌다가
가슴에서 뜨겁게 용솟음 친
저 한 방울

제 생명을 모아
세상 밖으로 훌쩍 떠나 보내고도
말 한마디 못 건네고
그저 말없이 서 있는 나무 영혼의
저 한 방울

아프리

그림자 인생

그림자 인생이라 슬프냐고?

아니 '엄마'라는 말이 힘들어. 늘 자식들 뒤에만 서 있는 게 쉽지 않아. 시간을 뭉텅이로 내놓아야 하거든. 말없이 대꾸 없이. 시간은 원래 내 것인데 자꾸 가져가려고 해. "시간이 있어야 별로 쓸 데도 없잖아."라는 말만 안 해도 좋겠어. 그건 내가 선택할 문제잖아. 부탁인데 제발 너희 시간만 써.

그림자도 인생이 필요하단다.

숲으로 가는 길

숲이다.
로버트 프로스트의 '가지 않은 길'일 수도, 마르셀 프루스트가 산책하며 생각한 '시간의 빛깔을 한 몽상'일 수도 있다. 숲으로 가는 길은 늘 아름답다. 숲의 모든 소리들이 나무와 나무, 잎과 잎 사이를 서로 부딪치며 음악을 연주한다. 순간, 황홀한 기쁨이 가슴으로 들어온다.

이런, 그림 속의 숲이로군.

가상의 세계가 현실을 마구 넘나들고, 머리가 핑핑 돈다. 지구가 돌고 우주가 돈다. 우리는 현실이 너무 차가워서 때로 가상에서 위로를 받는다. 어디에서든 위로를 받는다면 다행이다. 가상은 꿈을 꾸는 세계이고, 현실은 꿈을 이루는 세계이니까. 이제 그 둘은 늘 손을 잡고 함께 다닌다.

연꽃의 선물

저것 좀 봐
연잎에 물이 고였어
연잎의 눈물이 맺힌 걸까

밤새 습습한 공기 속에서
물방울을 모았나봐
지나가는 길손
목이라도 축이라고

하마
태양 빛으로 말라 버릴까봐
연잎들이 고요히
숨을 죽이네

우리는 축제 중

허수아비들이 패션쇼를 여는 계절. 두 다리가 묶여 캣 워킹은 못하지만 마음만은 일류 모델이다. 푸른 하늘과 누런 들판을 무대배경으로 삼아 바람에 마냥 흔들린다.

흔들리는 동안은 자유. 행복과 기쁨이 가슴에 가득 담긴다.
새들을 놀라게 하지만, 그저 연극이다. 새들도 주연이고, 허수아비도 주연이다. 사람들은 지나가는 엑스트라. 우리는 가을 날, 축제를 한 판 펼친다.

콸
콸

저 물줄기로
물꼬가 터져
콸콸,
마른 땅 위에
쏟아졌으면

이 호수 물로
물길이 터져
콸콸,
꽉 막힌 삶을
흠뻑 적셔줬으면

등

등은 뒤에 달려 있어서 모릅니다

자기 자신의 모습을 볼 수 없지만 느낍니다
사람들이 엎드려 잠들었거나 소리 내지 않고 흐느끼는 마음을

행복한 모습이나 슬픈 모습을 볼 수 없지만
아기가 흘린 침으로 등이 축축해져도 좋습니다
아기의 새근새근 자는 숨소리는 생명의 꽃이
터지는 소리이고, 옹알이는 우주를 담은 음악입니다

등은 뒤돌아보지 않아도 보입니다

고궁, 도시를 품다

창밖으로 길 건너편 고궁이 보인다

도시 한복판의 고궁은
과거와 현재가 혼재된 시간의 흔적
오래된 시간들이 미래의 시간들을 만나
꿈을 꾸기 시작하고
미래의 시간들이 과거 속으로 걸어가면
무한 우주의 수레바퀴가 돌아간다

'시간'이라는 차를 마신다

숨
길

수

없
는

꽃으로도
가릴 수 없고
숨길 수 없는
그런 사랑

꽃으로
가려줄 수도 없는
숨겨줄 수도 없는
이런 사랑

이상한 나라의 창

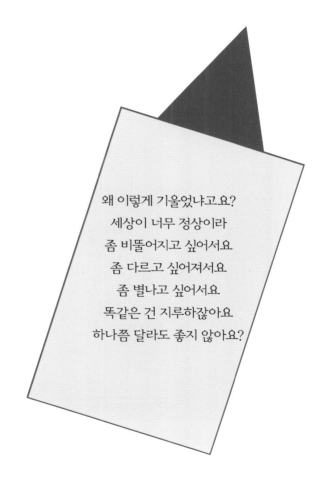

왜 이렇게 기울었냐고요?
세상이 너무 정상이라
좀 비뚤어지고 싶어서요
좀 다르고 싶어져서요
좀 별나고 싶어서요
똑같은 건 지루하잖아요
하나쯤 달라도 좋지 않아요?

두 여인

두 여인이 어깨를 기대고
소곤소곤 속살거린다
이야기가 가만가만 넘친다
다정하고 다정해서
꽃길을 걷는 듯

사는 동안
외롭지 않겠다

절대금지

창 밖 내다보기 금지
창 밖 생각하기 금지
창 안 움직이기 금지
창 안 대화하기 금지
·
·
·
금지를 절대 금지 한다

바다의 초청장

물이 솟아오르고
바다는 파란 파도를
하늘까지 잇댄다
사람들이 바다의 품에서
참았던 긴 숨을 토한다

'삶이 힘들어서 왔구나.'
아, 바다가 벌써 알고 있었군

바래길이 열리고
그들은 태양의 포옹 속에서
길을 다시 떠난다
바다의 선물을 두 어깨에 메고

설국으로 떠나다

눈의 마을에는
흰 눈으로 덮인 산, 흰 눈이 얹힌 강
눈으로 가려진 땅, 눈을 어깨에 묻힌 나무들
세상의 모든 색깔들이 눈을 감았나 보다

눈(雪)의 물로 빚은
술 한 잔 차 한 잔으로
설국의 밤을 보낸다
자분자분 소곤소곤

고맙습니다

밤하늘에 별이 반짝거린다
우주의 별들이 창문을 열었나 보다

오랫동안 닫혀 있어 먼지 묻은 내 창문도 열어본다
때가 묻고 부서진 틀을 맥없이 바라본다
고쳐서 될까 싶지만, 꼭 튼튼한 창문으로 고치고 싶다
별 안에 촛불을 켠다

촛불은 금세 소망이 되고, 사랑이 되고, 기도가 된다
너의 별, 나의 별, 우리의 별
아직 빛나지 못한 세상의 작고 초라하고 힘없는 별들
이제부터 서로의 마음을 손 안에 꼬옥 쥐고
우리도 빛나는 별이 되어 기운차게 살아보자
자기의 별을 가슴에 꽉, 안고서

이렇게 살아있어
저 밤하늘의 반짝이는 별을 볼 수 있으니
더욱이 그게 바로 그대의 별이라니
고맙습니다

기도

어쩌려고
떨어질 텐데
아유, 떨어질라
조심혀라

어디에선가
어머니 목소리 들려온다

현대미술의 상상론

관람객들이 작품 앞에 서서 바라본다.
손을 턱에다 대고 고개를 끄덕이며 심각한 표정을 짓는다.

마르셀 뒤샹의 〈샘〉같은 지적 발상이고 상상력을 초월하는 그런 경지가 느껴집니다. 작가의 예술적 혼(魂)이 담긴 놀라운 작품이라고 할 수 있습니다. 저 둥글게 돌아가는 선을 보십시오. 질감과 양감이 절묘하게 한데 어울려져 있는 기법이 현대미술의 전형적인 이미지를 나타내며, 현대인의 고독과 슬픔, 물질만능주의 시대를 예리하게 표현하고 있습니다.

그때 엄마 손을 잡고 어린아이가 지나가다 손으로 작품을 가리키며 웃는다.

"앗! 내 똥이다!"

반성합니다

새해가 한 달이나 지났는데
아무것도 안하고 보낸 시간을
반성합니다

세상이 아무리 나를 속여도
나는 세상을 속이지 말자고 했는데
하얀 거짓말을 한 것을
반성합니다

사람을 믿지 말자고 하면서
대책 없이 믿어버리는 마음을
반성합니다

반성할 게 많은 시대를
반성하지 않고 사는 것을
반성합니다

자,
날
아
봐

나는 철사로 만든 여자야
심장이 텅 비었지
가슴이 아파
못 다한 말들이   초록 나비야
갈 데가 없어서   진짜 나비가 되어 날아보렴

나는 철사로 만든 여자야   가끔 찾아와서 소곤소곤
빈 공간 사이로   밤새 들려주면 행복하겠지
바람이 마구 들어와   갈 수 없는 볼 수 없는
눈물 없는 눈물이 자꾸 흘러   세상의 이야기들을

바다의 밀어密語

"드디어 네 차례야."
바다가 기다렸다는 듯이 숨차게 말했다
아침이다
목을 가다듬고 사람들의 무한한 꿈이 이뤄지길 소망했다
오대양 육대주를 향해 온 몸으로 뼛속 깊은 소리를 내었다
간절한 기도 소리가 우렁찬 목소리에 담겨 퍼져 나간다
꼬끼오-!
바다는 그 말이 꼭이요, 로 들렸다

어미

이런, 가시만 남았네
몸이 너무 가볍군
넘어지지 않게 조심해야겠어
누가 다 먹긴, 내 새끼들이지 아깝긴 뭘
고것들 입속으로 들어가는 것만 봐도 배부르구먼

아직, 가시는 남았잖아
버틸 수 있어
이렇게 바라볼 수 있으니 좋군
내 맘은 몰라도 돼, 지들 잘 살기만 하면
이상하지 몸이 자꾸 기우뚱거리네

꽃말

내 이름은 알리움. '무한한 슬픔'이라는 꽃말을 받았어요. 죽은 자의 영혼을 상징한다는 팻말을 붙였나 봐요. 어느 날 알았어요. 사람들이 나를 피한다는 걸요. 그토록 아름답다고 온갖 찬사를 하더니, 갑자기 말을 아끼기 시작한다는 걸 말이에요.

이제 내 곁에는 아무도 없어요. 슬픔이라는 말이 그리 무서운가요. 무한이라는 말이 저리 두려운가요. 사람들이 마음대로 지어낸 꽃말일 뿐이에요.

나는 이 세상에 한번 피어 보려고 온 고귀한 꽃이에요. 하늘과 땅의 정원을 꾸미는 이름 없는 꽃이지만, 존재하는 것만으로도 소중하답니다. 아름답게 피는 데에는 화려한 이름이 필요 없던데요.

세상의 소리를 보다

세상이, 세상의 사람들이 온갖 소리를 낸다. 집집마다 소리 하나하나를 보따리에 싸서 끌어안고 있다. 보따리 안에는 욕망, 소망, 바람, 희망, 탐욕, 기쁨, 슬픔, 행복 등이 손을 내민다. 말없이 응시한다.

새 한 마리가 날아온다.

행복을 가져다 주는 새.
가슴 안으로 들어와 노래를 한다. 세상의 소리들을 모아 귀에 들려준다. 머리를 끄덕이지만 그저 묵묵히 서 있다. 새 한 마리의 향방이 달마의 동쪽과 같은 지 모두 궁금하지만 입을 다문다. 침묵도 말이다.

관觀하다.

가슴을 펴라

세상은 너의 것
하늘은 너의 것
구름도 너의 것
태양도 너의 것
대지도 너의 것
공기도 너의 것
햇빛도 너의 것
바다도 너의 것
봄비도 너의 것
안개도 너의 것
사랑도 너의 것
감사도 너의 것
희망도 너의 것
행복도 너의 것
마음에 따라서

세상은 나의 것

어쩌다보니

녹슨 가위는 슬프다
허공에 매달리니
그 소리 못내 그립다

"고물 사요 고물. 엿하고 바꿔 줘."
엿장수 가위 소리 너머로 세월도 넘어간다

이런, 내가 어느새 고물이 됐구먼
뭐하고 바꿔 줄라나

짤칵 짤칵 찰가락!

지구본을 보면 가슴이 뛴다
가보고 싶어서
밖을 나가지 않고도 세상을 아는
명상가는 왜 떠나느냐 물었다
"사람을 보러 갑니다."

싯다르타도 '라훌라'의 장애를 넘어
시장에서 사람들을 만났다는데
플라톤도 거리에서 젊은이들과
문답법으로 열렬히 대화했다는데
모자란 우리야 얼마나 만나야 할까
"세상을 알러 갑니다."

두 다리가 말한다
"저한테 달렸습니다."

언제쯤일까

워즈워드에게는 무지개가
소녀에게는 하늘이
함께 창공을 오른다
살며시 손잡고 이야기를 나눈다

소녀는 마당에서
자기만의 무지개와 시인을 기다리며
　　하
　　늘
　　을
　　바
　　라
　　본
　　다

수줍은 새악시 볼처럼

네 가슴에 봄이 왔니
사랑이 몰래 들어왔어?
두근대는 심장을 붙들어 매렴
그냥 내버려두든지

심장이 뛴다는 건 살아있는 증거
삶의 계단을 단숨에 뛰어오르는 기쁨
부끄러워 마

시간이 지나간다

빈 의자 위에
시간이 곧추 서 있다

아직 도착하지 않은 손님
기다리다 지칠 때면
바람이 한참을 앉았다가 간다
누구라도 앉아서
자기 인생 이야기 들려주면
위로해 줄 텐데
눈물방울 뚝뚝 떨어뜨리며
연극 대사처럼 슬픈 고백을 해도
묵묵히 들어줄 텐데
가슴의 못 다한 말을
푸른 멍처럼 품고 살지 말고
삶을 말해도 좋을 텐데

빈 의자 위로
시간이 지나가며 웃는다

어느
첼리스트의
마음

아, 그러시구나.
아는 화가의 선배라고 소개를 하자마자 야외에 자리를 봐주고 커피를
내오고, 행복해서 하늘까지 닿는다는 티라미슈를 가져다준다.
사근사근 포근하게.

아, 지금 흘러 나오는 첼로 연주 좀 들어보세요. 아름답다고 하자 자신
이 연주했다고 말하며 웃는다. 군산전기 영화에도 드라마에도 나왔다
며 살짝 알려준다.
살포시 부끄럽게.

아, 잠깐만 기다리세요.
부지런히 2층으로 올라가더니 CD 한 장을 들고 내려온다. 자기가 연주
한 것이라며, 다음에 오시면 먼저 알아볼게요 하며 배웅해 준다.
다정하고 아름답게.

잠시 들은 첼로 연주가 부드럽고 풍부하다.
첼리스트의 마음이 녹아들었나보다. 연주가 사람이다. 예술은 사람에
게서 나오지만 때론 마음에서 숭고한 미의 경지가 슬그머니 드러나기도
하는 모양이다.
이제 군산은 첼리스트다.

나무가 되고 싶은 나무

한때 **책**이 되고 싶었다

한 그루의 **나무**면
한 권의 **책**이 충분히 되지 않을까
하는 생각을 거침없이 했다
단지 진열대에 놓이고 싶어서

세상에 **책**이 많은데
나까지 종이로 변할 필요가 있나 싶어
나무로 살기로
마음 먹었다

예
술,

사
람
을

부
르
다

예술, 사람을 부르다

음악이 있는 아침은 산뜻하다
그림과 함께 하는 오후는 아름답다
책을 읽는 밤은 고요하다

세상의 모든 예술은
우리의 가슴을 부풀리고
영혼의 샘에 물을 채운다

두려움
일까
사랑
일까
Fear or Love

사랑일까 두려움일까

사랑인 줄 알았습니다
두려움 없는 사랑을 하는 줄 알았습니다
두려움이라고 생각했습니다
사랑하니 두렵지 않다고 생각했습니다
내 안의 망설임은 사랑인지 두려움인지 모르지만
당신 안의 두려움은 사랑이었으면 좋겠습니다

70이란 숫자

드디어 왔구먼
너, 70이란 숫자
소유권을 넘긴다고?
워메 낯설구만
남의 이야기인 줄로만 알았는디
허긴
늙을 수 있는 것도 축복이재

연인戀人

너에게 다가가려고
끝없는 벌판을 지나고
가없는 하늘을 날았지

그립고 그리워도
말 한 마디 건넬 수 없어
가슴만 타 들어 가더라
사랑의 실오라기
한 줄이라도 건네 준다면
너를 위해 생명을 바치련만

푸른 방의
속삭임

샤갈의
마을에
눈이

내
리
다

산 아래 마을에 눈이 내린다.

낮부터 내린 눈은 오다가 그치다가 하며 밤으로 이어진다. 저녁 어스름 집집마다 하나씩 둘씩 불이 켜지고 밤으로 여행할 채비를 서두른다. 이어진 지붕마다 마음이 잇대어지고 저마다의 촛불을 켜서는 서로의 곁에 살포시 놓는다. 함께 사는 마을 사람이라서 가슴을 활짝 연다.

베토벤의 '월광'이 어디서라도 들려오면 순식간에 고운 달빛을 탄다. 세상이 문득 숨을 죽인다. 그래, 오늘 하루만이라도 이웃끼리 아낌없이 사랑을 풀어내보자. 밤의 달빛 줄기를 타고 오르면 세상이 온통 빛이다. 밤은 빛을 더 돋우고, 지붕 위에서는 베를린 천사가 시를 읊는다. '샤갈과 벨라'가 하늘을 날아다니며 사랑을 하고, 밤은 뜬 눈으로 두 연인을 지킨다. 세상이 잠시 아름답다.

비상

새가 난다
커다란 날개를 펴고
힘차게 창공을 향한다

저 아래 무수한 삶들이
무거운 어깨를 주무르며
이야기를 흩뿌린다

새가 두 날개에
무언가 가득 싣고 돌아온다
아, 바다에서 건져 올린

'희망'.

태양은 있다

오늘의 태양은 오늘에 뜬다
오늘은 내일을 기다리는 희망이다

내일의 태양은 내일에 뜬다
내일은 미래를 살게 하는 힘이다

태양 아래에서 온 세상을 향해 외친다
"힘들어도 잘 살아볼 게요."

삼총사의 꿈

니는 커서 뭐가 될라카노
엄니, 뭐가 꼭 되야 합니꺼
하모 그라야재, 사람이라면
뭐라도 맹글어야 안 되겠나
이름 석 자야 크게 남겨야재

안 남기면 안 됩니꺼
내는 밥 남기는 것도 싫어하는디

야들아, 느그들은 뭐가 되고 싶노
엄니, 우리는 씩씩하고 용감한
삼총사가 되고 싶어예

기린이는 가끔 생각에 잠긴다

떠나고 싶어.
그래?

기린이는 길어서
기차를 타고
긴 버스를 타고
천장 뚫린 배를 타고
들판을 걸어간다네.
초록의 들판이 나타나면 뛰어갈래?
기억이 나니
네가 태어난 곳이….

내가 목이 길어서 하늘만 쳐다보는 줄
아는데, 그래서 외로울 거라고 생각하지
만 이젠 땅을 더 내려다 봐. 저기 내 가
족들이 있거든. 아마 못 떠날 거야. 이제
내 고향은 여기야.

슬퍼?
아니 행복해.
아프리카로 가는 환상 열차를 타거든
가끔 생각에 잠길 때마다.

마음의 신호

전화를 받아봐
도움이 필요할지도
사랑을 고백할지도
마지막 순간일지도

잃어버린 시간은 돌아오지 않아
놓쳐버린 마음은 붙잡지 못해

빨간 전화는
나에게 보내는
누군가의 마음의 신호
마음을 울리는 이에게, 먼저
전화하는 것도 좋겠지

들리지?
세상의 꽃들이 피어나는 소리

쉿!

일순 숨을 죽인다
꽃잎들도 새들의 날개 짓도
몸을 낮춘다
흐르는 시냇물도 벌레들도

잠시 침묵해도 좋으리
말이 저잣거리로 내려가 시끄러운 동안
말이 아름다운 말이 아니라
싸구려 소음으로
세상을 흔들어 놓는 동안

쉿!

차 한 잔의 사색

이런,
너무 심각하지 않아도 돼요
그저 차 한 잔 마시는 거예요
차 한 잔의 사랑과 행복, 고요를 마시면서
멍하니 잠시 세상을 잊는 거예요

이마의 주름을 펴세요
너무 진지하지 않아도 돼요
시험 보는 시간도 아니잖아요
그저 가벼운 마음으로
차 마시는 시간을 즐겨요

소식

입에 물고 왔어요
뭘?
좋은 소식 하나요

오랫동안 기다리셨죠?
지쳐서 쓰러질 것 같아
자, 여기 봄을 찾아 왔어요

소망을 이루세요
사랑을 받고 싶어
외로운 마음을 맡겨 보세요
봄바람 타고 사랑이 올 거예요

명동 성당 가는 길

명동은 패션의 거리였지. 명동백작도 명동카페도 비어집도 데이트 코스도 모두 명동으로 통했지. 크리스마스에 명동 거리를 연인과 손잡고 걷는 게 꿈일 때도 있었어.

그 모든 게 명동에 있었지만 제일 좋은 건 언덕 위에 명동성당이 있다는 거야. 이젠 외국 사람들과 포장마차가 가득한 거리가 됐지만 언제나 우리를 바라보고 있지.

명동성당 가는 길은 아름다워서 행복해.

공간의 문이 열리다

저 길은 떠날 수 있는 길
언제라도 어디라도
누구와 함께 혹은 홀로
잠시 현재의 삶을 잊을 수도 있고
새로운 공간의 문을 열 수도 있는
해리포터의 4분의 3지점
그 환상의 신비로운 공간
가슴이 울렁거리는 하늘의 세계
돌아온다는 돌아올 거라는
약속을 품고 떠나는 여행 길

행복이라는

이름의　　여러분을 기다리고 있습니다
　　　　　여러분들도 기다리고 계셨나요
기차　　티켓을 보여주셔요
　　　　　아, 여길 가고 싶으시군요
　　　　　잠시지만 창 밖을 내다보며
　　　　　당신의 시간을 생각해 보셔요
　　　　　마음이 불편한 일이나 힘든 일들은
　　　　　달리는 기차에 맡기고 한숨 주무세요
　　　　　기차가 종착역에 도착하면
　　　　　행복의 티켓을 줄 거예요
　　　　　가슴에 안고 돌아가세요

그들 각자의 시선

지상의 세상은 눈에 띈다
지하의 세상은 감추어져 있다
중간의 세상은 양쪽을 바라본다

다리 위에는 하늘이 무진장이다
다리 아래에는 하늘이 이미지이다
세상은 보는 대로 보인다

환상

두 개의 성당
둘이지만 하나이다
땅과 물이 합쳐졌다가 흩어지며
하나의 풍경을 연출한다

물 위 성당은 풍경속에서
빛을 내며 서 있고
물 아래 성당은 환상속에서
가슴안의 성당을 비춘다

다리를 건너는 이유

누구에게로 가는 다리입니까

이쪽 동네에서 저쪽 동네로

건너가면 누가 기다리긴 하나요

오랜 기다림의 무게로 다리가 휘청거리네요

당신이 오늘 가듯이

내일은 그 분이 왔으면 좋겠습니다

기꺼이 다리가 되어 드리겠습니다

123

밤의 말

밤이 흘러간다

이 밤을 놓칠 수 없어
우리는 잔을 부딪친다

'인생 브라보'를 외칠 때면
까닭 없는 눈물 방울들이 떨어진다
목에서 맺히어 멍이 든다
우리가 언제부터 멍을 안고 살았나
가슴을 열어보자, 솔직하게

변신

호박에 줄 그면 수박 된다고?
놀라지 마라
수박 될 생각 하나도 없다
난 호박이 좋다

호박에 장식하면 멋져 진다고?
웃기지 마라
멋져 질 생각 절대로 없다
난 호박으로 산다

앵무새의 슬픔

난 반복하는 동물이에요
따라쟁이죠
그런 운명을 갖고 태어났어요
내 입과 목소리는
늘 누군가와 닮은 꼴이에요
닮았다는 말은 비슷하다는 말보다는
덜 가짜 같아요

나만 보면 흉내 내라고 어르고 협박하는
사람들이 무서워요
나는 그저 귀여운 새일 뿐이에요
언젠가는 세상에 단 하나의 비밀을
슬며시 말할 지도 몰라요
당신이 나에게서 제일 가깝잖아요
배반의 장미가 활짝 핀 날에는
비밀을 꽁꽁 싸 매 두세요

단팥죽 한 그릇

세상에 서 있는 게 쓸쓸해 질 때
와서 자셔요

입 안이 달큰해지면
가슴도 달달해지고
세상도 달콤 세상으로 변할지도 몰라요.
힘들 땐 그저 먹는 게 최고죠

세상에서 두번째로 맛있는 팥죽을
자, 어서 자셔요

병산서원
강가에서

배를 띄워야지
시 한 수를 던져야지
꽃이 난분분 떨어지듯
시가 허공에서 파스락 흩어지고
낙화의 그림자마다 꽃이 피어난다
병산의 서원이 기웃거리고
우리는 한 눈으로 엿본다

저 먼 옛날
문인들이 마셨을 강가에서
낮술을 흔쾌히 마실 친구들을 찾아낸다
삶이
늘 우아하지 않아서 다행이다
사람이 없어도 사람이 있다

Contents 4

이야기가
있는 밤

크리스마스 트리가 있는 도시

크리스마스에는 캐럴이 온 도시에 울려야 한다. 여기를 가나 저기를 가나 크리스마스를 기뻐하는 노래가 들려와야 성탄이라는 이름이 어울린다. 아기 예수의 탄생 장면과 목자들, 그리고 어린 양이 꼭 등장해야 유치원과 학교에서 아이들이 하나도 빠짐없이 연극에 참여할 수 있다. 교회를 안 나가던 이들도 그 날 하루는 교회에 간다. 빵을 준 데서가 아니라 행복해지고 싶어서. 크리스마스에는 누구나 행복해지고 싶다. 가족과 함께 케이크에 촛불을 켜는 기쁨으로 또 다시 힘든 삶을 살아나가야 하니까.

나눔의 온도

나눔은 나누기다
나누기는 곱셈보다 어렵다
나누기를 잘 하면 저절로 곱셈을 알게 된다
나누는 대로 행복은 곱셈이 된다
나눔은 따스하다
나눔은 내복보다 뜨습다
나눌수록 마음이 데워진다
나누면 이 우주가 행복해진다

사랑의 집

사랑을 하는 데 집이 작으면 어떠랴
사랑보다 집이 큰 게 걱정이지
집보다 사랑이 큰 건 걱정이 아니다
얘야, 살아보면 안단다
집의 크기를 걱정하는 순간부터
사랑은 줄어든다는 걸
이상도 하지?

눈 속의 가게

눈이 내려서 아름답
지만 좀 쉬고 싶어요.
입으로 '후후' 불며
조그만 난로 위의 주
전자의 물을 마시고
싶어요. 뱃속의 저 밑
바닥까지 시원해질 거
예요. 가슴이 후끈거
려서 눈 속을 아무리
다녀도 춥지 않을 거
예요. 눈의 세상에 있
지만 눈도 세상도 잠
시 잊어요. 여긴 안식
처니까요.

30분간 쉽니다

30분 동안
빙판을 깨끗이 정비하고
스케이트를 타는 사람들도
다시 탈 시간까지
호흡을 정비하고 쉰다

한 호흡에 세상이 편해진다

빙판 제설기는 계속 빙빙 돌고
얼음판은 변신한다

세상도 가끔
30분간 쉬면 정비가 될까

발이 없어졌어요

"할아버지! 발이 없어졌어요."

스케이트를 처음 타던 날
남동생과 나는 서로 쳐다보며 말했다.
전설의 동대문 스케이트장에서
할아버지는 웃으시며
우리에게 오뎅과 떡볶이를 사 주셨다.

세상에 그렇게 맛있는 음식이라니!
발이 없어진 것도 추위로 귀가 달아난 것도
모두 다 잊어버리고 오물오물 먹었다.
나는 지금도
떡볶이 가게를 그냥 지나치지 못한다.

추억은 이상한 곳에서 나를 부른다. 그건 우리
들만의 비밀이라서 남은 알지 못한다. 때로 남
을 이해할 수 없는 것은 추억이 달라서일 게다.
아마도.

봄날의 자전거

봄이 와요, 봄이
봄날의 자전거는 어디론가 가고 싶어요
씽씽 달리고 싶어요

우리 주인님은 다리가 아픈가 봐요
자전거가 두 발이래요
쌩쌩 달려드릴 거예요

사람은 가고 싶은 데 가야 해요
그래야 병이 안 나요
두 바퀴에 기름칠도 했으니 함께 달려볼까요?

기도

저 의자 하나하나마다
한 생이 앉아있다
하나의 기도가, 염원이, 말이
절실하게 날아간다
허공을 지나, 우주를 넘어
앉지 못하고 그저 쳐다만 본다
종교 하나도 가슴에 앉히지 못한
나는,
대구의 야외성당을 돌아 나오며
훌쩍거렸다
이상하게 성모상만 보면 눈물이 난다
어머니라서, 어머니의 품이라서

낮술

에미 애비도 몰라보는 게 낮술이여!
아, 이건 위험한 노릇이구나
금지된 시간, 금지된 공간
일상 윤리가 금을 확실히 긋고
평범 도덕이 선을 뚜렷이 긋고
훤한 대낮의 술 한 잔은 금기사항

못된 성질 발휘하여
금 넘어보니 아무것도 아니더라
아니 무엇이더라
대낮부터 취하고 싶은 심정
대낮인데 마시는 인생 사연
낮술이 오른다
속말이 날린다
세상 모두 금지된 것들아, 안녕!

나 오늘 금 밟았다!

사
라
지
다

사
   라
젰
   다
2022년 9월 23일 오후 4시
부산광역시 수정동에 있던 책방 한탸
이제 이 지상에는 더 이상 없다
물어 물어 찾아간 곳이었는데
보후밀 흐라발의
너무 시끄러운 고독의 '고독'을 만날 수 있는 책방이었는데
아, 사라지는 게 이토록 쉽다니
허긴 사람도, 삶도, 한 순간이긴 하더라

운명의 신

타로를 보자
운명을 슬쩍 하자
인생을 잠시 담보를 내자
시간을 앞으로 뒤로 움직이자

지금, 여기
서 있는 내가 바로 '운명'이다
어디로 갈 지 정한 그 발걸음이
바로 이번 '생'이다

기형도를 찾아가는 길

울 동네에서 30분 거리에 시인의 문학관이 있다. 그토록 가까운 거리에 그가 내내 살았다. 광명과 안양의 땅을 밟으며 시를 썼다. 崇亭度를 품었다는 이유만으로 그곳을 무조건 사랑하기로 한다.

소하리의 집. 아버지가 직접 지은 바람의 집에 살면서 죽은 누이를 생각하고, 가난을 겪고, 물그림만 그리는 아버지와 배추 삼십 단을 이고 시장에 팔러간 어머니를 기다린 어린 소년. 안양천까지 이어진 둑방길 풍경과 안개가 자주 끼는 동네, 그 안개 속을 뚫고 노동자들이 일터로 향하는 아침을 기억했다. 스물아홉 살에 어느 삼류 극장에 앉아 조용히 숨을 거둔, 그 짧은 여행의 마지막 눈빛에는 무엇이 스쳤을까.

소하고택. 돌아오는 길에 들른 이 고택은 주인장의 할아버지가 짓고 아버지가 태어난 곳을 개조한 찻집이다. 이런 곳에서 그와 차 한 잔을 하며 시를 얘기하면 좋았을 텐데…. 어떻게 저런 글들이 떠올랐을까, 차원이 다른 것 같아, 하고 옆에서 말한다. 천재 작가니까. 운명이니까. 시인이라는 운명이 그를 놓지 않았고, 그도 끝까지 끈을 놓지 않았으니까.
고택 마당에 앉아 잠시 하늘을 쳐다보았다. 맑고 파랬다.

할미
할미
할미꽃   할미, 할미꽃도 꽃이야?

– 그래, 꽃이란다

할미 냄새가 나는 것 같애

– 아직 살아있어서 나는 거야

할미, 고개 그만 숙이고 하늘 좀 쳐다봐

– 세상의 모든 꽃의 그림자는 아름다움이거든

할미, 허리를 한번 활짝 펴 봐

– 이렇게?

할미도 허리가 펴지는 구나

– 비밀 하나 알려줄까?

비밀?

– 눈 한번 깜박이니 어느새 할미, 할미, 할미꽃
  이 되었단다

눈 깜박 할 새?

– 늘 다른 하늘로 날아가 버리는 새 말이야

잔

채워야 할까 비워야 할까
잔은 채우고 넘쳐야 제 맛이라는데
잔을 비우고 비우면 제 멋이더냐

나의 잔과 너의 잔을 부딪쳐 축하하자
오늘 하루는 넘치도록 따라 술 맛을 내보자
술의 세상에서만 통하고 느낄 수 있는
노래도 한 가닥, 이야기도 구만 리로
아픈 가슴을 끌어안고 눈물 찔끔거려보자
하루가 후딱 지나가리

가면들의
행진

행진 행진 하는 거야. 전인권도 행진하고 옆집 순이도 행진하고 후배도 선배도 사랑하는 이도 사랑하지 않는 이도 모두 행진한다. 어디로 가는 지는 몰라도 상관없다. 그저 따라가면 된다 가면을 쓰면 아무도 몰라본다. 뭘 해도 상관없다는 생각이 아무 상관없는 세상.

매일 가면을 쓴다. 익명에 숨는다. 자유롭고 싶어서 숨고 싶어서 가면을 잡아 쓴다. 가면은 화려하고 두껍다. 어느새 힘과 권력이 장악한다. 악마의 가면, 천사의 가면, 어느 쪽이 늘어나고 있는가. 어느 편을 먼저 보는가. 유일한 희망. 가면 속의 나만은 안다.

넌 누구냐?

책방에서
한 바퀴
돌다

책방에는 책이 있고, 책 안에는 진리가 있고, 진리 안에는 옳고 그름이
있고, 시시비비는 불이사상에 어긋나고, 어긋남은 때로 파격이고, 파격
은 낯섦이고, 낯섦은 새로운 세계이고, 세계는 우주로 향하고, 우주는
다시 내게로 돌아오고, 귀환한 그 자리는 다시 책방, 한 바퀴 잘 돌았
다.

코 스 모 스

필 때 면

집 뒤 공터에 코스모스 피었다

하늘거릴 때마다 하늘과 닿은 듯

하고 많은 꽃들 중에 하필

저 꽃이냐며 알 수 없는 두려움에

눈물을 흘겼던

꽃의 외로움이

고스란히 전해질까봐

조바심을 냈으나

결국 꽃은 모두

어머니 것이 되고 말았다

엄마, 가짜라서 미안해요

물에 비친 제주 미술관
갇힌 물의 틀 안에 펼쳐진 구름 세계
하늘의 구름보다 더 회화적인 풍경
어느 것이 더 아름다운가

물이 형체를 비춘다
거울이 비추듯이
비슷하거나 가깝거나
끝내는 같지 않은 가짜

가짜여서 미안해요, 엄마

날아라 연

올라 올라가
저 하늘 끝까지 날아올라가 보자
넌 아이들의 장난감
넌 아이들의 푸른 꿈
넌 희망을 품게 하는
우주너머까지 꿈꾸게 하는
미래의 존재
너는 아이들의 신
하늘이 등을 구부린다

틈의 눈

세상의 틈을 새겨 놓았다
그 길을 따라 걸어간다
구석에 숨은 틈 앞에서
몰래 숨을 내쉰다
숨 안에 세상의 독이 풀어져 있다
잠시라도 앉아 하늘을 바라보자
아무도 지나가지 않는 동안만이라도

기다려도
못 먹는다

"예약이 다 끝났습니다."
"안돼요!"

무슨 일이 있더라도 기다린다
맛있는 음식은
힘든 삶을 기어이 살게 하니까
먹이가 힘으로 바뀌는 걸 아니까

기다려야, 먹는다는, 엄중한 경고

청춘, 숨고 싶다

제발 좀 말하지 마세요

청춘이라고
모든 걸 할 수 있는 건 아니에요
청춘이라고
뭐든지 참을 수 있는 건 아니에요
청춘이라고
아무 말이나 다 실천할 수 있는 건 아니에요
청춘이라고
어떤 말이나 다 따를 수 있는 건 아니에요

제발 좀 그냥 놔둬요
절대 아무 말도 하지 마세요
청춘이라는 말이
너무 피곤하고 힘들어요
꼭꼭 숨고 싶어요

우주를 그대 품 안에

하루하루를 복잡한 빌딩숲 안에서 살아가는 도시인들에게는 숲이 없다. 숲을 잃어버린 것이 아니라 잊었다. 아, 결국 잊고 말다니.

물론 사는 게 무척이나 바쁘고 힘들다는 절실한 이유가 있다. 숲 같은 거 없어도 살고 생각할 필요도 못 느낀다고 말할 수도 있다. 그들에겐 빌딩숲이 있으니까.

그래도 어느 날 문득, 회색이 아닌 초록의 숲이 그리워지면 용감하게 달려 나오길. 저 우주를 품은 조각상에게 윙크를 한번 하고, 그대의 숲을 향해 떠나길.
살아온 날과 살아갈 날들 사이에서

우주를 그대 품 안에 드립니다!

미래의 길

세상을 지나가는 길이 하나면 편할 텐데 생각했다
길이 많다는 건 선택이 많다는 것을 의미한다
선택은 늘 피곤하다
이미 운명은 다 결정지어져 세상 밖으로 나왔는데
좀 수정한다고 해서 달라질 게 없다고 믿었다
어디로 가야 할지 아득하다
길은 늘 갈등하게 만든다
어느 날 새들의 합창이 들려왔다
아름다운 하모니
그제야 알았다
길이 여러 개인 이유는
길은 사람마다 하나씩 있어야 하기에
자신을 닮은 길들이

날개

날고 싶어 간지럽니
이상李箱의 날개도
강가의 날개도
우리 영혼의 날개도
근실거리기 시작했어

비상을 꿈꾸는 동안
힘들 때도 슬플 때도
준비하고 기다리느라
숨을 죽여야 하지만

이제
강 위 강 아래
마을 사람들 태우고
날자, 날자, 미래로 날아보자

Contents 5

만남의
미학

틈의 문학, 디카 에세이

틈의 문학, '디카 에세이'

시대가 변하면 사람도 변해가고 삶의 형태도 달라집니다. 물론 인간을 표현하는 문학도 변합니다. 모바일 폰은 이제 필수항목이 아니라 사람들에게 절대적인 존재로, 인간이 발명한 사물 중에서 최고조의 위치를 차지하고 있습니다. 특히 이미지의 세상을 무한대로 넓혀 놓았습니다. 또한 복잡한 현대문명 속에서 짧은 글에 대한 선호도 예전에 비해 높아지고 있습니다.

디카 에세이는 디지털 카메라와 그것이 장착된 모바일 폰으로 찍은 사진에 글(에세이)을 얹은 것입니다. 이미지와 글의 만남이자 사진과 문학의 콜라보입니다.

현재로선 '디카 시'가 5줄 이내로 정형화되어 정착된 데에 반해, 디카에세이는 이제 출발선에 서 있습니다. 결국 시와 에세이의 형식이 다른 것처럼 '디카 시'와 '디카 에세이'로 나누어진 셈입니다.

문학은 작가 혼자가 아니라 사람들과 함께 공유하고 나누어야 가치가있습니다. 그런 점에서 '디카 에세이'가 사람들에게 일상의 휴식과 힐링을 줄 수 있다는 생각이 듭니다.

일부가 이런 책을 내기도 했지만, 사실 잘 알려지지가 않았습니다. 그래서 이참에 '디카 에세이'란 문학의 새로운 형식을 〈데일리 한국〉에 2023년 9월부터 매주 수요일 연재함으로써 대중화를 시작해 보기로 하였습니다.

수필계의 선후배 분들에게 의견을 구해 종합해 보니, 에세이는 3매 수필, 5매 수필, 단 수필, 손바닥 수필 등 짧은 것이 많아서 6줄~16줄 내외가 적당하다는 의견이 많았습니다.

디카 시가 시조나 하이쿠의 이미지가 강하게 떠오른다면, 디카 에세이는 5행 이내의 디카 시와 3매 수필부터 단 수필 사이의 '틈의 문학'을 그린다고 할 수 있습니다. 시적이면서도 주제구현이나 산문적인 표현이 보다 자유로운 형식이며, 주제 구현이 뚜렷합니다.
디카 에세이는 아직 명확히 규정된 것은 없습니다. 하지만 길이란 많은 사람이 함께 걷다 보면 만들어질 것이고, 지금은 잘 보이지 않더라도 끝내는 찾게 될 것입니다.

정화된 영혼이 살아 움직여 꽃을 피우는, 틈의 문학!
사진 한 장에 담긴 의미와 이미지를 짧은 글로 표현하여, 사람들의 마음속으로 단박 들어가 기쁨이 된다면 작가로서는 더할 나위 없는 작업입니다.

이제 디카 에세이를 통해 카메라 앵글의 초점이 인간과 자연, 도시 등에

깊은 시선으로 닿을 것이며, 세상의 모든 대상들이 말을 걸어올 것입니다. 눈을 뜨고 귀를 열어 그들의 소리를 들을 때 소통의 하모니가 울려 퍼지는 기쁨을 두 손 안에 받아 볼 수 있을 것입니다.

특히 사진 촬영과 선택이 매우 중요합니다. 디카 에세이를 쓰겠다는 생각으로 사물을 바라보면 달리 보일 것입니다. 한편으로는 무심한 상태에서 찍은 사진이 좋을 때도 있지만. 어쨌든 마음 속의 깊은 울림에서 건져 올린 사진이어야 사람들 마음에 다가갈 수 있습니다.

디카 에세이는 이미지와 산문형의 글이 만나는 것입니다. 사람들의 삶에 매력 있는 에너지가 되었으면 하는 바람입니다. 짧은 순간이 보내는 이미지를 통해 세상을 들여다보는 '순간의 미학'이지만, 시뮬라시옹이나 환각일지 모르는 세상에 대해 저 밑바닥까지 내려가는 '날카로움'과 '베어냄'이 있습니다. 겉으로의 언어는 부드럽지만, 속 안의 언어는 시퍼렇다고 할까요?

무엇보다도 산문적 언어에 시적 언어가 스며들어 새로운 미감을 빚어내는 작업입니다. 사진이 글의 존재를 빛내주고, 글이 사진의 존재를 드러내 줍니다. 서로 다른 분야지만, '표현한다'는 의미에서 공통분모를 가지고 있습니다. 각기 다른 분야의 표현을 합해 새로운 미를 창출해 내는 작업입니다.

짧은 글이지만 무엇보다 주제가 있어야 하며, 사람의 마음을 건드리는 감동, 폐부를 찌르는 날카로움, 유쾌한 풍자, 드러나지 않지만 드러나는 인간미 등이 촌철살인의 문장들로 직조됩니다. 정제된 언어를 가지고 씨줄 날줄을 엮어 아름다운 천을 만드는 고도의 작업입니다.

하지만 너무 고차원적이거나 현학적이어도 안 되며, 대중들이 편하고 쉽게 접할 수 있도록 써야 합니다. 그래서 언어의 선택이 까다로운 편입니다.

'일물일어一物一語'라고 하듯이, 그 글에 어울리는 말은 세상에서 결국 딱 하나인 겁니다. 그런 언어를 찾아냈을 때의 기쁨과 감동은 말할 수 없습니다. 글과 사진이 마치 웃는 것 같은 느낌이 듭니다. 자기들에게 생명을 주어서 고맙다고 말입니다.

하나의 사진에 다른 버전의 글을 몇 개씩 쓸 때도 있습니다. 마음에 쩍 달라붙지 않으면 결코 내보낼 수 없기 때문입니다. 그래서 계속 찾고 또 찾아내야 합니다. 언어의 감동적인 울림은 사유의 깊은 세계로 지나가야만 나옵니다.

또한 형식에서는 시처럼 행과 연을 나누기도 하지만, 이것은 편집상 보기에 편해서 사용하는 방법일 뿐입니다. 이 책에서 시적인 형태에서는 마침표를 찍지 않았으며, 산문적인 형태에서만 문장부호를 썼습니다.

끝으로 아무리 글이 좋아도 사진이 나쁘면 효과가 사라지고, 사진이 좋은 데 글이 모자라면 아쉽습니다. 사진이 말을 걸어오지 않으면 단 한 줄도 쓸 수 없습니다. 아름다운 사진보다는 무언가 의미를 드러낼 수 있는 사진이 더 좋습니다. 카프카가 말했듯이 '내 안의 얼어붙은 바다를 깨는 도끼'같은 인식의 '알 깨임(줄탁동기)'이어야 할 것 같습니다.

사진과 글이 운명공동체로서 아름다운 산문과 이미지의 세계로 우리를 인도합니다. '순간의 미학'이 문학 속에 스며들어 새로운 형태를 만들어내기 시작하고 있습니다. 디카 에세이로 표현할 수 있는 산문적 아름다움에 더 집중하겠다는 마음이 강하게 다가옵니다.

새로이 열린 디카 에세이의 세상에서 많은 사람들이 자신을 마음껏 표현해 내었으면 좋겠습니다. 가슴을 떨리게 하는 이 새로운 형식이 에세이를 쓰는 이들에게 또 하나의 열린 무대가 되길 바랍니다.

디카 에세이 탄생 이후의 우리 문단에 대한 기대

이승하(시인, 중앙대 교수)

이경은 작가는 수필가이자 방송드라마 작가다. 몇 년 전부터 '음악극 작가'라는 새로운 호칭이 붙여졌는데, 이제 '디카 에세이 작가'라는 호칭이 하나 더 첨가되어야 할 모양이다. 1996년에 SBS 드라마 공모전을 통해 데뷔한 이후 라디오드라마 'KBS 무대' 등을 집필한 드라마 작가이자, 1998년 『계간수필』로 등단한 이후 9권의 수필집을 펴낸 중견 수필가이기도 하다. 지난 20년 동안 후학들에게 수필 작법을 지도하면서 쌓은 노하우를 바탕으로 『이경은의 글쓰기 강의노트』라는 수필 작법서를 펴내기도 했다. 그런데 2022년 10월에 색다른 책을 공저로 펴냈으니, 『그림자도 이야기를 한다』이다. 책 표지 제일 상단에 'PHOTO ESSAY'라고 적혀 있고 '사진 최기환 글 이경은'이라고 저자명이 적힌 이 책은 사진작가 최기환 씨의 사진을 보고 이경은 수필가가 느낀 바를 간단히, 때로는 소상히 써서 그야말로 '포토 에세이'집을 공저로 펴낸 것이다.

그런데 얼마 전 2월 말에 특이한 원고 뭉치가 택배로 와서 펼쳐보았더니 이럴 수가! '이경은의 디카 에세이' 모음집 『푸른 방의 기억들』의 원고

였다. 첫 페이지부터 한 장 한 장 넘기면서 보노라니 이런 형식의 사진과 에세이(내지는 시)의 결합은 우리 문단 최초가 아닌가 하는 생각이 들었다. 기존의 문예지 가운데 한쪽에는 사진을, 한쪽에는 시를 싣고 '포토 포엠'이라는 명칭을 붙인 경우가 있기는 했었다. 그리고 경남 창원의 창신대 교수를 역임한 이상옥 교수가 제창하여 큰 반향을 불러일으키고 있는 디카시가 있는데, 대체로 5행 이내를 요구하고 있어서 이경은 작가가 이번에 펴내는 이 책자의 작품들은 국내에서 최초로 시도하는 '디카 에세이'가 아닌가 한다. 작가는 책의 끝에다가 이 작업에 대해 소회를 이렇게 밝히고 있다.

디카 에세이는 디지털카메라와 그것이 장착된 모바일 폰으로 찍은 사진에 글(에세이)을 얹힌 것입니다. 이미지와 글의 만남이자 사진과 문학의 콜라보입니다.

디카시는 한 장의 사진에 5행 이내의 짧은 시가 가미되어 하나의 작품을 형성한다. 시조가 3장 6구라는 형태적인 제약에서 벗어날 수 없듯이, 디카시 또한 이런 형태상의 제약에서 벗어날 수 없다. 그런데 이경은의 디카 에세이는 에세이가 그렇듯이 형태상의 제약이 없다. 길이에 있어서건 형태에 있어서건 자유로운 글쓰기가 가능하다. 일단 형태상의 특성만 먼저 짚어보기로 하자.

제일 앞의 작품은 왼편에 다섯 개의 연으로 된 산문시인 듯한 내용으로 전개된다. 오른편에 바위를 찍은 사진 한 장이 제시되어 있다. "말을 품고 사는” “우주의 돌멩이”라고 바위를 묘사하고 있는 글은 에세이도 아니고 산문도 아니고 시다.

「그때만 같아라」는 같은 사진이 왼쪽과 오른편 상단을 차지하고 있다. 「비추다」는 왼편에 사진이 수중 조각품으로 철제인데 거기에 나무가 새겨져 있다. 물 위의 그림자가 아주 인상적인 사진이다. 오른쪽 글 역시 에세이라기보다는 시에 가깝다. 그런데 글 곁에 작은 사진 한 장이 있는데 접시에 클림트의 그림 「유디트」가 새겨져 있고 커피 잔 속에 있는 것이 무엇인지 궁금증을 유발한다. 「숲으로 가는 길」은 왼편의 숲길 사진이 오른편에 다시 나오는데, 위와 아래가 잘리고 가운데가 다시 제시된다.

이처럼 크기와 형태와 배치에 있어서 같은 것이 없다. 디카시의 사진은 거의 다 같은데 말이다. 「연꽃의 선물」의 왼편에 나오는 사진은 좌측 절반 정도가 잘린 상태에서 다시 상단에 제시되는데, 사람의 손이 사라진다. 「숨길 수 없는」은 왼편에 제시된 사진에서 석상의 두 얼굴을 키워 오른편에서는 아래와 위에 따로 사용한다. 「예술, 사람을 부르다」는 좌우의 사진이 다르다.

사진 중에는 테두리를 두른 작품도 있고 안 두른 작품도 있고 근경을 찍은 것도 있고 원경을 찍은 것도 있다. 피사체가 국내인 경우도 있고 외국인 경우도 있다. 실내인 경우도 있고 야외인 경우도 있다. 도시인 경우도 있고 농촌인 경우도 있다. 사진들이 정말 다양하기 이를 데 없다. 스마트폰을 갖다 대고서 찍은 조금은 단순한 사진이 있는가 하면 고도의 사진술을 보여주는 명작 사진도 있다. 자, 그런데 이 책에서 중요한 것은 그 사진과 짝을 이루는 글이다. 디카 에세이라고 작가 자신은 이름을 붙였지만, 시인인 내가 보건대 시라고 여겨지는 것이 태반이다. 언어의 배열과 배치가 시의 영역까지 포괄하고 있으니 놀람을 넘어 경악하게 된다. 「쉿」이란 작품의 글 부분을 보자.

일순 숨을 죽인다
꽃잎들도 새들의 날갯짓도
몸을 낮춘다
흐르는 시냇물도 벌레들도

잠시 침묵해도 좋으리
말이 저잣거리로 내려가 시끄러운 동안
말이 아름다운 말이 아니라
싸구려 소음으로
세상을 흔들어 놓는 동안

쉿!

이것이 어찌 시가 아니랴. 시인도 이렇게 쓰기 어렵다. 지하철을 타고 가다 찍은 사진 속에는 멀리 63빌딩이 보인다. 그런데 한강변의 철골 구조물이 X자 같다. 그 사진을 보고 이렇게 쓴다.

창 밖 내다보기 금지
창 밖 생각하기 금지
창 안 움직이기 금지
창 안 대화하기 금지

금지를 절대 금지한다

이런 상상력은 기가 막힌다. X는 금지를 뜻하니 표현이 절묘하다. 디카시를 쓰는 이들도 이런 사진을 찍기가 쉽지 않으며, 이 사진을 놓고 이렇게 시를 쓴다는 것도 있을 수 없는 일이다. 위트가 반짝인다.

이경은 작가의 위트가 돋보이는 또 다른 작품을 보자. 구조물 상단 끝에 사람의 상이 있는데 무척 위태롭게 보인다. 「기도」라는 작품이다.

어쩌려고
떨어질 텐데
아유, 떨어질라
조심혀라

어디에선가
어머니 목소리 들려온다

제1연은 어머니를 화자로 한 구어체의 시이고 제2연은 창작자를 화자로 내세운 문어체의 시이다. 하지만 5행 이내를 주장하는 디카 시의 관점에서 보면 길어졌으니 불량품이지만, 그래서 디카 에세이인 것이다.

한 남자가 기도하는 모습을 하고 있는 조각상을 찍은 사진을 놓고 해석한 것을 보니 웃음이 나온다. 「반성합니다」란 작품이다.

새해가 한 달이나 지났는데
아무것도 안 하고 보낸 시간을
반성합니다

세상이 아무리 나를 속여도
나는 세상을 속이지 말자고 했는데
하얀 거짓말을 한 것을
반성합니다

사람을 믿지 말자고 하면서
대책 없이 믿어버리는 마음을
반성합니다

반성할 게 많은 시대를
반성하지 않고 사는 것을
반성합니다

하하, 맞다. 우리는 정말 반성하지 않고 살아간다. 정치가나 시정잡배나. 이런 작품은 디카시의 한계를 껑충 뛰어넘는다. 몇 행을 넘으면 안 된다는 강박에 사로잡히지 않고 시 쓰듯이 쓰는 것이니 무조건 짧아야 한다는 형식적 제약에서 벗어나 아주 자유롭다. 시인인 양 상징과 이미지, 아이러니와 알레고리, 은유법과 직유법, 역설법과 도치법, 의인법과 인유법引喩法을 얼마든지 구사할 수 있는 시창작의 방법론까지 끌어와서 쓸 수 있기에 글쓰기가 이렇게 자유로운 것이다.

원고를 죽 읽으면서 시집이나 문예지에서 읽게 되는 시보다 월등 우수한 시를 종종 발견하게 되는데, 언제 시작법을 따로 공부했는지 궁금하다. 에세이도 나름대로 범주가 있고 틀이 있어서 시와 소설과는 분명히 다른 장르다. 수필도 중수필과 경수필로 나눌 수 있듯이 주제도 일상日常과 이상理想으로 나눌 수 있을진대, 이경은의 디카 에세이는 그 모든 것을 다 포괄한다. 열려 있는 형식이라는 것이 디카 에세이의 특징이다. 이제 「세상의 소리를 보다」를 본다. 사진은 관을 쓰고 있는 석상이다.

세상이, 세상의 사람들이 온갖 소리를 낸다. 집집마다 소리 하나하나를 보따리에 싸서 끌어안고 있다. 보따리 안에는 욕망, 소망, 바람, 희망, 탐욕, 기쁨, 슬픔, 행복 등이 손을 내민다. 말없이 응시한다.

새 한 마리가 날아온다.
행복을 가져다주는 새. 가슴 안으로 들어와 노래를 한다. 세상의 소리들을 모아 귀에 들려준다. 머리를 끄덕이지만, 그저 묵묵히 서 있다. 새 한 마리의 향방이 달마의 동쪽과 같은지 모두 궁금하지만 입을 다문다. 침묵도 말이다.

관觀하다.

디카시와 다른 점이, 길이에 한정되지 않는다. 사진에 대한 설명이나 해설은 한 줄도 없다. 사진 한 장을 모티브 삼아서 작가 마음대로 상상의 날개를 펴고 있다. 한 편의 시로서도 손색이 없다. 음향과 분노(윌리엄 포크너), 생과 사의 비애, 순간과 영원 사이의 공간, 노래와 침묵의 차이를 설파하는 다분히 종교적이고 사상적인 에세이다. 방송대본, 에세이, 노랫말, 사진에 이제 시까지 평정하면 나 같은 사람은 어떻게 하란 말인가.

이제 디카 에세이에 걸맞는 세 편의 작품을 보자. 인공으로 쌓은 돌 모양이 재미있다. 이 사진을 보고 쓴 에세이의 제목은 '현대미술의 상상론'이다.

관광객들이 작품 앞에 서서 바라본다. 손을 턱에다 대고 고개를 끄덕이며 심각한 표정을 짓는다.

마르셀 뒤샹의 <샘> 같은 지적 발상이고, 상상력을 초월하는 그런 경지가 느껴집니다. 작가의 예술적 혼(魂)이 담긴 놀라운 작품이라고 할 수 있습니다. 저 둥글게 돌아가는 선을 보십시오. 질감과 양감이 절묘하게 한데 어울려져 있는 기법이 현대미술의 전형적인 이미지를 나타내며, 현대인의 고독과 슬픔, 물질만능주의 시대를 예리하게 표현하고 있습니다.

그때 엄마 손을 잡고 어린아이가 지나가다 손으로 작품을 가리키며 웃는다.

"앗! 내 똥이다!"

심각한 미술론을 일시에 무화시키는 끝의 반전이 재미있다. 1917년이었다. 남성용 소변기를 갖다놓고선 '샘'이라는 제목을 붙인 마르셀 뒤샹의 해프닝에 가까운 예술 행위는 근대와 현대를 가르는 기준이 된다. 기성품을 활용한 레디메이드 오브제의 사용은 다다이즘의 주요한 창작 방법론이 되었고, 훗날 모더니즘과 포스트모더니즘 사조의 탄생에도 큰 영향을 준다. 패러디와 패스티시(pastiche, 혼성모방)가 포스트모더니즘의 주요 창작 기법인데 하늘 아래 완벽한 창조물은 없다는 생각에서 나온 것이다. 어떤 돌은 원석을 가져와서, 어떤 돌은 둥글게 다듬어서 쌓아 올린 것을 사진 찍었는데, 이 또한 레디메이드 오브제를 결합한 작품이다. 이런 행위에 대해 이경은 작가는 현대미술의 상상론이 여기까지 왔다고 생각하고 에세이를 쓰는데, 그래서 가운데 단락은 이 조각품에 대한 탁월한 해석이면서 현대미술에 대한 진지한 고찰이다. 세 번째 단락은 완전 반전이다. 어린아이가 어른들의 예술가인 체하는 모습에 일침을 놓는다. 그럴듯한 의미 부여가 얼마나 웃기는, 부질없는, 한심한 진단인가를 이 한 편의 디카에세이가 말해준다. "손을 턱에다 대고 고개를 끄덕이며 심각한 표정을 짓는" 우리 모두가 희화된다.

또 한 편의 기막힌 디카에세이는 「가면들의 행진」이다. 네 사람이 가면을 쓰고 걸어가고 있다. 이 디카에세이에서 중요한 것은 행진과 가면이다. "행진, 행진, 하는 거야. 전인권도 행진하고,/ 옆집 순이도 행진하고, 후배도 선배도/ 사랑하는 이도 사랑하지 않는 이도 모두/ 행진한다. 어디로 가는지는 몰라도 상관없다./ 그저 따라가면 된다. 가면을 쓰면 아무도/ 몰라본다. 뭘 해도 상관없다는 생각이 아무/ 상관없는 세상"이 전반부이다. 이런 위트와 유머가 단순히 재미에 그치지 않고 현실풍자로 승화된다.

우리는 매일, 줏대 없이 누군가를 따라가고 있지 않은가 하는 생각을 작가가 해본 것이다. 하지만 가면을 쓰고 있기에 아무 부끄러움 없이 모방도 하고 추종도 하고 표절도 하고 눈속임도 하는 것이다. 에세이의 후반부 "매일 가면을 쓴다. 익명에 숨는다. 자유롭고/ 싶어서, 숨고 싶어서 가면을 잡아 쓴다./ 가면은 화려하고 두껍다. 어느새 힘과/ 권력이 장악한다. 악마의 가면, 천사의 가면,/ 어느 쪽이 늘어나고 있는가. 어느 편을 먼저/ 보는가. 유일한 희망. 가면 속의 나만은 안다./ 넌 누구냐?"는 해학성을 발휘한 거라고 해야 할지 풍자성을 추구한 것이라고 해야 할지 모르겠다. 위트와 유머 외에 아이러니와 알레고리가 종합된 일대 파노라마다. 즉 이경은 디카에세이의 특징은 '통합의 정신'이다. 시와 소설이 들어오고, 사진과 언어가 들어온다. 자연과 문명이 들어오고, 사실과 상상이 들어온다.

앵무새 인형 사진을 놓고 쓴 디카에세이는 또 어떤가.

> 난 반복하는 동물이에요
> 따라쟁이죠
> 그런 운명을 갖고 태어났어요
> 내 입과 목소리는
> 늘 누군가와 닮은꼴이에요
> 닮았다는 말은 비슷하다는 말보다는
> 덜 가짜 같아요
>
> 나만 보면 흉내 내라고 어르고 협박하는
> 사람들이 무서워요
> 나는 그저 귀여운 새일 뿐이에요
> 언젠가는 세상에 단 하나의 비밀을
> 슬며시 말할지도 몰라요
> 당신이 나에게서 제일 가깝잖아요
> 배반의 장미가 활짝 핀 날에는
> 비밀을 꽁꽁 싸매 두세요

앵무새 인형을 찍은 사진을 두고 작가는 이 인형을 의인화한다. 앵무새는 사람이 하는 말을 몇 마디 흉내 낼 줄 아는데, 사람 목소리와 비슷하다. 그런데 사람이라는 동물은 다른 생명체의 종에게는 으르고 협박하는 위협적인 존재다. 앵무새가 어떤 사람(주인?)의 비밀을 많은 사람 앞에서 말하는 순간이 온다면? 이 얼마나 재미있는 상상인가. "배반의 장미가 활짝 핀 날"은 "세상에 단 하나의 비밀을 슬며시" 말하는 날이다. 그날은 내 입을 꽁꽁 싸매 비밀을 말하지 않게 해야 할 걸? 앵무새의 슬픈 운명이다. 비밀을 말하면 주인은 앵무새를 팔아버리거나 죽일지도 모른다.

마지막 작품은 제목이 '날개'다. 사진을 찍은 곳이 양평이라고 한다. 활자 부분을 보니 역시 한 편의 시다.

날고 싶어 간지럽니
이상李箱의 날개도
강가의 날개도
우리 영혼의 날개도
근질거리기 시작했어

비상을 꿈꾸는 동안
힘들 때도 슬플 때도
준비하고 기다리느라
숨을 죽여야 하지만
이제

강 위 강 아래
　　마을 사람들 태우고
　　날자, 날자, 미래로 날아보자

　이상의 소설 「날개」를 살짝 패러디한 이 작품은 디카 에세이의 앞날을 예언한 것 같다. 디카시의 한계를 뛰어넘고 에세이와 시의 중간 지점에서 사진을 포괄함으로써 '디카 에세이'라는 새로운 장르가 이제 막 탄생하였다. 포괄은 포용이다. 융합이며 통섭이다.

　이경은 작가가 주도할 디카 에세이, 그 모음집인 『푸른 방의 기억들』은 우리 문단에서 큰 반향을 불러일으킬 것임에 틀림없다. 작가 자신도 "사진과 글이 운명공동체로서 아름다운 산문과 이미지의 세계로 우리를 인도"한다고 했다. 사진은 '순간의 미학', 즉 예지력을 추구하지만 글은 상상력과 분석력, 그리고 문장력을 아울러 갖추어야 할 터인데 이 디카 에세이집 편편의 작품을 모범사례로 삼을 수 있을 것이다.

　책의 제목을 '푸른 방의 기억들'로 한 이유는 머리말에 나와 있다. 나만의 방에서 사진을 보면서 했던 혼잣말이 때로는 운문이 되고 때로는 산문이 되었다. 때로는 에세이가 되고 때로는 시가 되었다. 혼잣말이 세상을 향한 발언이 되어 "세상 밖으로 나가면/ 모든 존재들이/ 덥석 손을 내밀어 준다."고 했다. 푸른 방에서의 기억들이 울렁대기 시작하니 내 마음이 설렌다.

　이경은 작가는 문학청년이었던 함경도 출신 아버지와 음식솜씨가 좋은 경상도 출신 어머니 사이에서 서울에서 태어났다고 어느 책에선가 말한 바 있다. 융합의 힘은 여기서 온 것일까? 영상과 활자의 만남에서 시작되어 시와 에세이의 경계까지 허물고 있다. 작가는 한때 사진이 들어가는 실험시를 썼던 이 해설자로 하여금 질투심을 느끼게 한다. 현대시가 너무 난해해지고 산문화되어 그런지 독자들이 시를 외면하고 시 낭독으로 가는 경향이 있는데, 이경은 작가에 의해 탄생한 디카 에세이는 우리 문단의 막힌 물꼬를 트는 위대한 발명품의 역할을 할 수 있을 것이다. 책 출간 이후에도 계속될 또 다른 디카 에세이 창작품에도 큰 기대를 해본다.

이경은의 디카 에세이

푸른 방의 기억들
Memories of the Blue Room